Niños fantásticos

Los niños de teatro

Dona Herweck Rice

Créditos de publicación

Rachelle Cracchiolo, M.S.Ed., *Editora comercial*
Conni Medina, M.A.Ed., *Gerente editorial*
Nika Fabienke, Ed.D., *Realizadora de la serie*
June Kikuchi, *Directora de contenido*
Caroline Gasca, M.S.Ed., *Editora superior*
Sam Morales, M.A., *Editor asociado*
John Leach, *Editor asistente*
Kevin Pham, *Diseñador gráfico*
Jill Malcolm, *Diseñadora gráfica básica*

Créditos de imágenes: pág.8: Bettmann / Getty Images; pág.9: Daniel Zuchnik/FilmMagic/Getty Images; pág.10: Photofest; pág.11: Bill Ray/ The LIFE Picture Collection/Getty Images; pág.12: Boston Globe / Getty Images; págs.14, 15: Joan Marcus/Photofest © Walt Disney Productions; págs.16, 17: Michael Dodge/Getty Images; págs.18,19: John Phillips/Getty Images; págs.20, 21: Bettmann / Contributor / Getty Images; págs.22, 23: David M. Benett/Getty Images; las demás imágenes de iStock y/o Shutterstock.

Library of Congress Cataloging-in-Publication Data

Names: Rice, Dona, author.
Title: Ninos fantasticos : los ninos de teatro / Dona Herweck Rice.
Other titles: Fantastic Kids. Spanish
Description: Huntington Beach : Teacher Created Materials, 2018. | Identifiers: LCCN 2018008979 (print) | LCCN 2018011420 (ebook) | ISBN 9781493869671 (ebook) | ISBN 9781425826970 (pbk.)
Subjects: LCSH: Child actors--Juvenile literature.
Classification: LCC PN3157 (ebook) | LCC PN3157 .R4518 2018 (print) | DDC 792.028--dc23
LC record available at https://lccn.loc.gov/2018008979

Teacher Created Materials
5301 Oceanus Drive
Huntington Beach, CA 92649-1030
www.tcmpub.com

ISBN 978-1- 4258-2697-0

Printed in China
Nordica.102018.CA21801130

Contenido

¡Bravo!

No hay nada como el mundo del espectáculo, y estos niños lo saben. Son niños de **teatro**. Cantan, bailan y actúan en el escenario.

Al público le encanta lo que hacen los niños de teatro.
Les demuestra su amor con aplausos estruendosos.
¡Bravo!

Los niños de teatro trabajan duro. Ensayan todos los días. También deben ir a la escuela.

Sobre todo, deben trabajar bien en equipo. ¡Hace falta mucha gente para montar un espectáculo!

Niños para conocer

La obra *Annie* está en cartelera muy seguido. Andrea McArdle fue la primera niña en interpretar a Annie. Annie es la estrella de la obra.

También hay otros niños en la obra.
Hacen el papel de huérfanos.
Cantan y actúan juntos.

Daisy Eagan fue la estrella de *El jardín secreto*. Interpretaba a Mary. Ganó un premio llamado Tony. Tenía solo 11 años.

Frankie Michaels fue el protagonista de *Mame*. Personificaba a Patrick. ¡También ganó un Tony! También tenía 11 años.

Jojo es un papel principal en *Seussical*.
La obra trata de las historias del Dr. Seuss.

En la obra, Jojo es un Quién.
Ayuda a salvar a todos los Quiénes.
Niños y niñas han interpretado a Jojo.

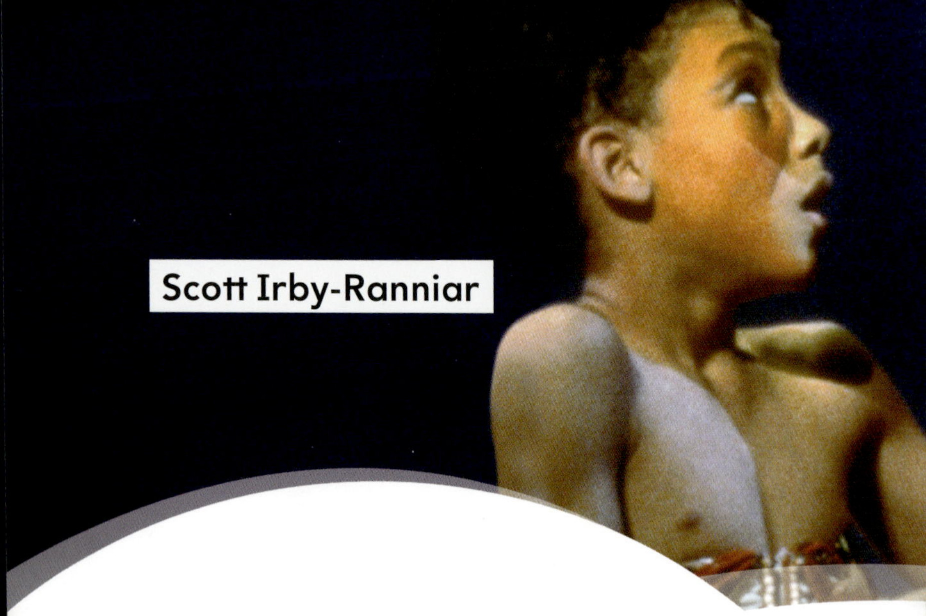

En *El rey León*, los personajes son interpretados por personas.
Los **diseñadores** los ayudan a parecer animales.
Lo mismo hacen los maquilladores.

Scott Irby-Ranniar fue el primer Simba Joven. Hizo que el cachorro de león tuviera las cualidades de un niño.

Matilda trata de una niña pequeña.
Es muy inteligente.
Pero sus padres la tratan mal.
Tres niñas comparten el papel principal.

También hay otros niños
en el espectáculo.
Hacen el papel de niños en
la escuela.
Matilda los ayuda a ellos y
a su maestra.

Muchos niños protagonizan el musical *Escuela de rock*.
Los niños tienen que actuar, cantar y bailar.
¡También tienen que tocar instrumentos!

En la obra, los niños forman una banda de rock en la escuela.
En el escenario, ¡los actores tocan juntos música en vivo!

No niños

Algunos adultos interpretan a niños en las obras.
Una mujer interpreta a Peter Pan.
Pero el personaje es un niño.

Los adultos hacen el papel de niños en una obra acerca de Charlie Brown. Los peinadores y los maquilladores los ayudan a verse jóvenes.

Niños fantásticos

No es fácil ser un niño en una obra, pero estos niños de teatro lo hacen bien. Tienen talento y trabajan duro.

Trabajan en equipo
para hacer excelentes
espectáculos.
¡Son niños fantásticos!

Glosario

aplausos

diseñadores

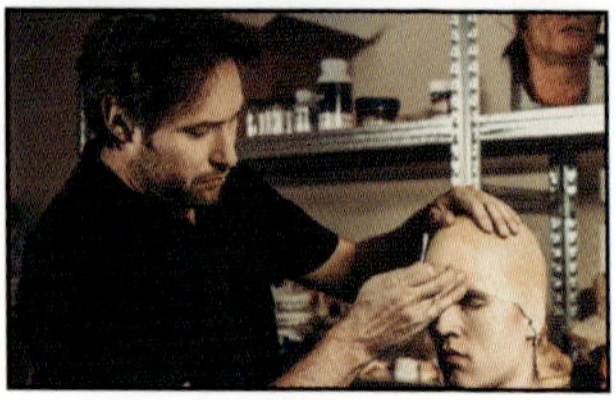

instrumentos

teatro